CUENTO DE LUZ

Para nuestra familia, que siempre será nuestro hogar.
—Ariel Andrés Almada y Sonja Wimmer

Este libro está impreso en **Papel de Piedra**© con el certificado **Cradle to Cradle™** (plata). Cradle to Cradle™, que en español significa «de la cuna a la cuna». Es una de las certificaciones ecológicas más rigurosa que existen y premia a aquellos productos que han sido concebidos y diseñados de forma ecológicamente inteligente.

Cuento de Luz™ se convirtió en 2015 en una **Empresa B Certificada**©. La prestigiosa certificación se otorga a empresas que utilizan el poder de los negocios para cumplir con altos estándares de desempeño social, ambiental, transparencia y responsabilidad.

Familia
Serie: *Amor de familia*
© 2022 del texto: Ariel Andrés Almada
© 2022 de las ilustraciones: Sonja Wimmer
© 2022 Cuento de Luz SL
Calle Claveles, 10 | Urb. Monteclaro | Pozuelo de Alarcón | 28223 | Madrid | Spain
www.cuentodeluz.com
ISBN: 978-84-18302-82-4
1ª edición
Impreso en PRC por Shanghai Cheng Printing Company, marzo 2022, tirada número 1849-2

Familia

Ariel Andrés Almada y Sonja Wimmer

Te voy a contar un secreto.
Uno tan antiguo como
las estrellas.

Un secreto que los padres
han contado a sus hijos,
y estos a los suyos,
al calor de las hogueras.

Dicen que antes de nacer
nuestra alma está en calma.
Que pasea por el cielo, esperando su momento.
Que, de vez en cuando, mira a la Tierra,
se le escapa una sonrisa e imagina divertida
cómo será su nueva vida.

Dicen también que en el universo
nada es casual.
Que algunas cosas están escritas,
y que otras se pueden cambiar.
Que el destino es una dulce
y suave melodía,
y que, para que sea más hermosa,
necesitamos compañía.

Así que las estrellas siempre están buscando almas gemelas,
y las van enviando poco a poco a la Tierra.

Algunas antes. Otras después.
Pero siempre con un hilo que nos conecta alguna vez.

Es por eso que, si prestas atención
y miras a los ojos a las personas
que te rodean,
verás que estamos aquí para cuidarte
y velar tu sueño en las noches en que
no hay luna llena.

También es cierto que a veces
esos hilos se enredan.

Pero, con paciencia y voluntad,
hasta los nudos más difíciles
se pueden desenredar.

Así que, cada vez que
sientas que a tu alrededor
todo se llena de espinas,
vuelve por un momento
la vista atrás...

Allí siempre te estará
esperando tu casa,
donde todo se puede
solucionar.

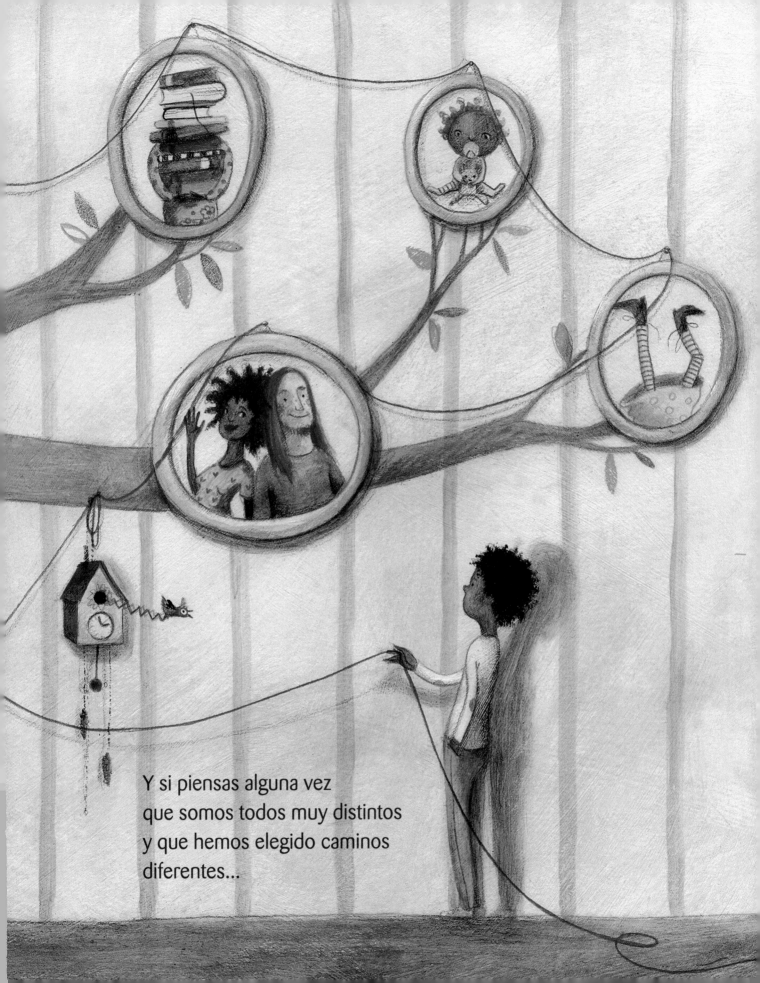

Y si piensas alguna vez
que somos todos muy distintos
y que hemos elegido caminos
diferentes...

...recuerda que el universo sabe lo que hace,
y confía en que juntos seremos mucho más fuertes.

Así que todo es perfecto
tal como es,
y por eso hoy, junto a ti, quiero
dar las gracias.

Porque las estrellas nos
han unido como familia,
y lo han hecho como
por arte de magia.

Ahora tú también sabes el secreto.
Y tienes que guardarlo en tu corazón.
Algún día te tocará contarlo,
pero esta noche no.

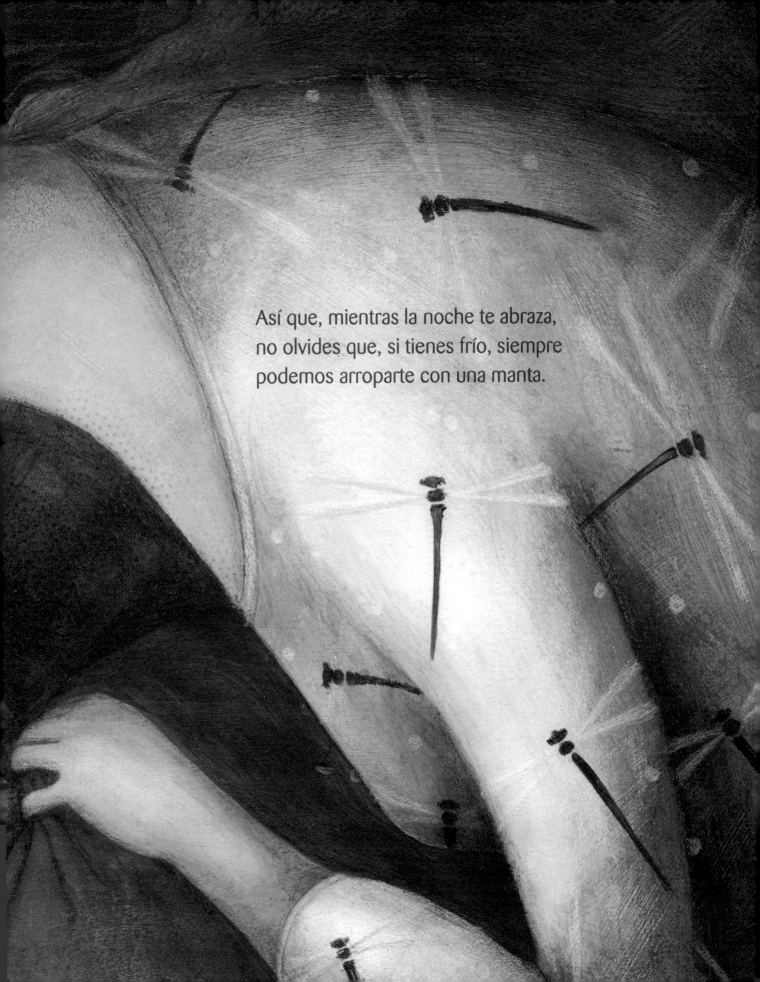

Así que, mientras la noche te abraza,
no olvides que, si tienes frío, siempre
podemos arroparte con una manta.

Y que tu familia estará a tu lado,
para cuidar de tus sueños.
No importa si es otoño,
primavera,
verano
o invierno...